せかいでいちばん大きなかがみ

JUNIOR POEM SERIES

三越 左千夫 詩集

阿見 みどり 絵

もくじ

I

Ⅱ

I

けやき と やつで

大きい　木だけど
小さな　葉《は》っぱ
けやきは　それで
いいきもち

小さな　木だけど
大きな　葉っぱ

やつでは　それで
いいきもち

けやきも　やつでも
ひろげた　えだで
きれいな　夕陽《ゆうひ》を
つかんでる

「日本児童文学」昭32・1

水の色

てんから　ふれば
あめのいろ
いけに　たまって
いけのいろ
たきから　おちて
たきのいろ

かわを　ながれて
かわのいろ
そらを　うつして
うみのいろ

第2次「キツツキ」昭31・4・20

ちょう

なの花　なの花　すきなのは
もんつきじまんの　もんしろちょう

あおぞら　あおぞら　すきなのは
からだの　大きな　あげはちょう

こかげが　こかげが　すきなのは
だいだいもようの　このはちょう

「NHK幼児の時間」昭30・4・1

はる

つくしが　つれてきた
とんがり　ぼうしの
ちいさな　はる

すみれが　つれてきた
むらさきが　におう
ちいさな　はる

ひばりが　つれてきた
そらの　うたごえ
ちいさな　はる

みんなが　つれてきたから
おおきな　はるに　なってきた

いいですね
いいですね

「三越左千夫全詩集」初出、「手書き原稿」年月推定　昭和59・4・1

そういうのはだれですか

すみれたちに
むらさきのこうすいを
もたせてあげましたよ
……はるかぜがかおったでしょ

たんぽぽたちには
きいろいかおを
ほころばせてやりましたよ
……はるがわらいだしたでしょ

れんげたちには
あかくうきたたせて
いきおいをつけてやりましたよ
……はるのじゅうたんをしいたでしょ

そういうあなたたちはだれですか
……たいようです
……つちです

ああ　てんと　ちの
おとうさまでしたか
おかあさまでしたか

「中学生文学」昭58・5・1

猫《ねこ》やなぎ

ふっくら　ふくらむ　銀《ぎん》の色
新芽《しんめ》が　そろった　猫やなぎ
ようやく　なごんだ　陽《ひ》のなかで
かぐと　かすかに　におってる

ふっくら　ふくらむ　銀の筆《ふで》
つやつや　わた毛の　猫やなぎ
ふっくら　ふくらむ　ふしぎさに

ふっくら　ふくらむ　こころです
ふっくら　ふくらむ　銀の芽は
まってた　春の　小指《こゆび》です
そっと　ほっぺに　ふれてみりゃ
母《かあ》さん　手のよな　ほおのよな

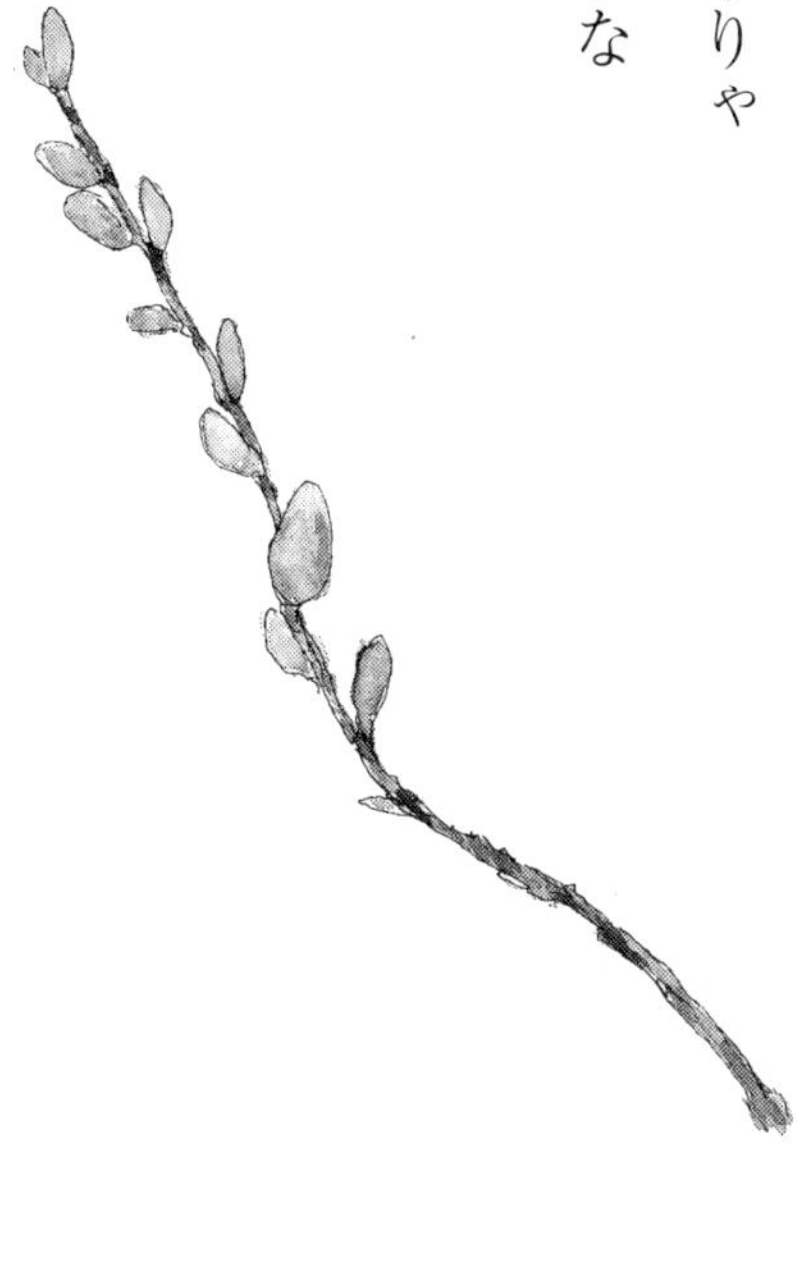

「薔薇科12」昭29・12・5

すきなもの

こうま　こうまが　すきなもの
あまい　にんじん　からすむぎ
それより　それより　すきなのは
やっぱり　かあさん　おっぱいよ

こやぎが　こやぎが　すきなもの
れんげ　つゆくさ　えんどうまめ
それより　それより　すきなのは

やっぱり　かあさん　おっぱいよ
ぼうやが　ぼうやが　すきなもの
あまい　ドロップ　カルケット
それより　それより　すきなのは
やっぱり　かあさん　おっぱいよ

手書き台本「NHK新しいこどものうた」昭34・5・5

かたつむり

のろのろ　のろのろ
あるいて　いても
それは　いっしょけんめい
かたつむり

のろのろ　のろのろ
あるいて　いても
ちゃんと　とおくへゆける

かたつむり

のろのろ　のろのろ
あるいて　いても
それは　のろまではない
かたつむり

「三越左千夫全詩集」初出・「手書き原稿」年月推定　昭57・6・1

子りすと青ぶどう

月影《つきかげ》　背《せ》にうけ
しのび足
子りすは　ぶどうを
たべに来《く》る

青い　ぶどうは
まだかたい
すっぱい　ぶどうは
まだちさい

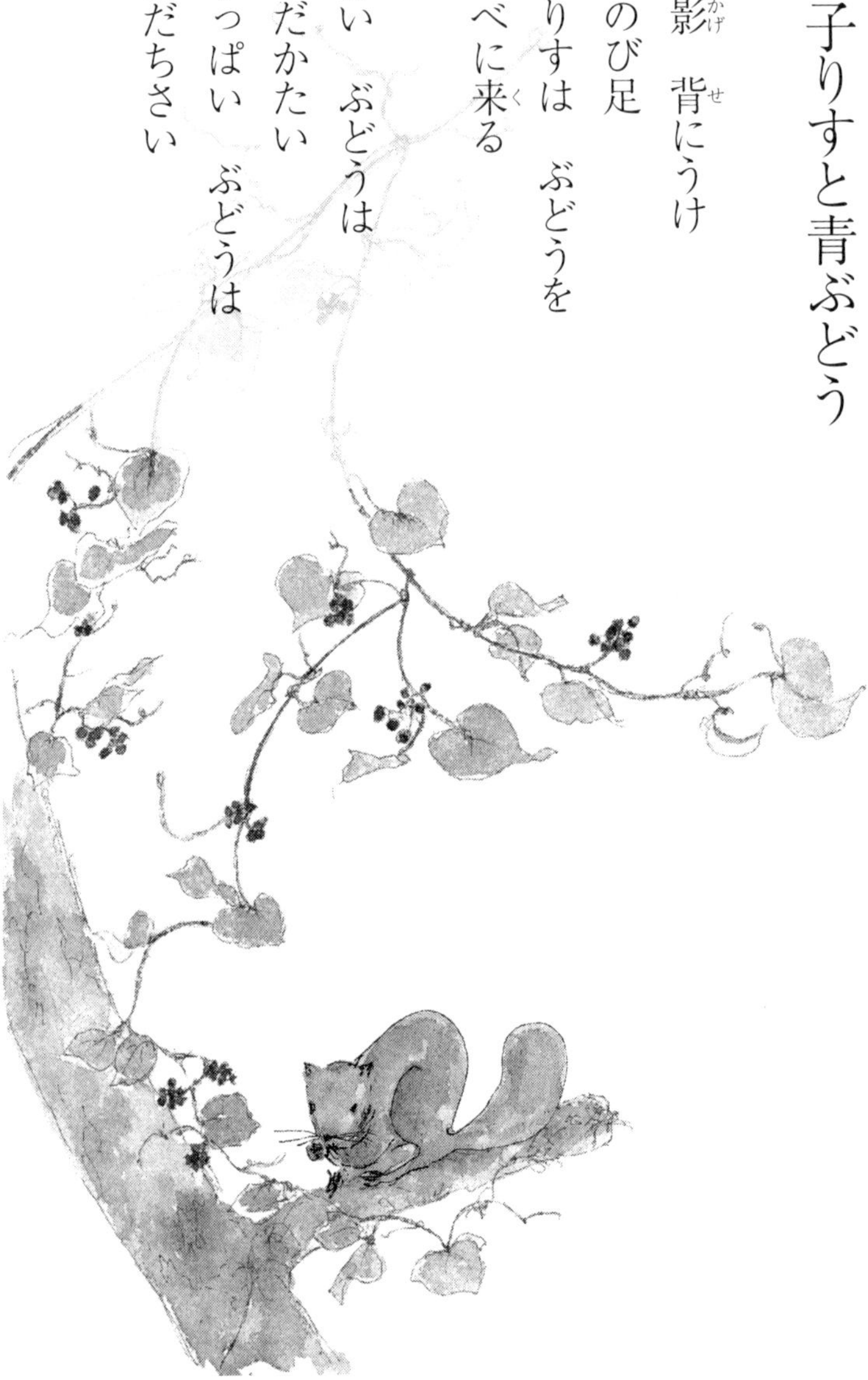

夜風《よかぜ》が　ぶどうの
葉《は》にたちて
おどろく　子りすの
目のひかり

逃《に》げだす　子りすは
いちもくさん
後《あと》から　追《お》う影《かげ》
月のかげ

さわさわ　ぶどうの
葉のさわぎ
後から　笑《わら》うか
風の音

※風がふきおこることを「風立つ」という。
ここでは「夜風がぶどうの葉に吹《ふ》いて」という意《い》。

「三越左千夫全詩集」初出・「手書き原稿」年月推定　昭25・9・1

にゅうどうぐも

ほら　ほら
みてよ　みてよ
うみの　とおくの　そら
おしろを　たてた
くもさん　くもさん

ほら　ほら
みてよ　みてよ

うみの　とおくの　そら
くじらに　なった
くもさん　くもさん

ほら　ほら
みてよ　みてよ
うみの　とおくの　そら
ひつじに　なった
くもさん　くもさん

「幼児開発」年月推定　昭57・7

小さな星《ほし》

小さな星はきらきらと
やさしい波《なみ》にゆすられて
川のおもてにあそんでた

小さな星は花のように
水のなかからひらいてた
こがねのようにひかってた

小さな星は波まくら
あとからおりた浮《う》きぐもと
ただよいながら語《かた》ってた

小さな星はぴかぴかと
川のおもてにまたたいて
みずもの花をてらしてた

「三越左千夫全詩集」初出・「手書き原稿」年月推定　昭27・11・1

せかいでいちばん　おおきなかがみ

せかいでいちばん　おおきなかがみ
うみですよ　うみですよ
おひさまが　のぞいてた
あつくきらきら　うつってた

せかいでいちばん　おおきなかがみ
うみですよ　うみですよ
おつきさまが　のぞいてた
しろくきらきら　うつってた

「幼児の指導」昭57・8・1

とんぼの空《そら》

とんぼの　空は
あお空は
かぜと　ひかりで　いっぱいだ

とんぼの　めだまは
あおいめは
ぼくらの　えんそく　みてとんだ

とんぼの　太郎《たろう》よ
たかくとべ
とんぼの　二郎《じろう》よ　たかくとべ

とんぼの　空を
あお空を
ぼくらの　うたごえ　ゆれていく

第2次「キツツキ」年月推定　昭30・4・1

かぜの　ゆうびんや

かぜのかぜの　ゆうびんや
あかいはがき　もってきた
あきは　おしまいですと
もみじのきから　きたはがき
かぜのかぜの　ゆうびんや
きいろいはがき　もってきた

ふゆは　もうすぐですと
いちょうのきから　きたはがき

「幼児の指導」昭57・11・1

秋風《あきかぜ》　光《ひか》った

秋風　光った
コスモス
秋風　光った
牛の角《つの》
秋風　光った
赤とんぼ
秋風　光った
三輪車《さんりんしゃ》

「ＰＴＡ教室」昭33・9・1

狐《きつね》と沼《ぬま》

三日月《みかづき》せおって
狐がひと声
山でないた　こんと

三日月うつして
凍《こお》った沼が
遠《とお》くで答《こた》えた　こんと

こんと呼《よ》びこんと答えて
狐と沼は
それからよっぴで　よびあった

※よっぴで……夜通《よどお》し。夜のあいだじゅう、の意《い》。

「三越左千夫全詩集」初出・「手書き原稿」年月推定　昭27・12・1

きたかぜこぞう

きたかぜこぞうは　みえないが
にわに　あそびに　きていたよ
ほんとだよ
おちばを　おもちゃに　うれしそうに
かさこそ　かさこそ　おどってた
ほんとだよ

きたかぜこぞうは　みえないが
くもと　かけっこ　していたよ
ほんとだよ
おそらを　くちぶえ　ふきながら
ぴいぷう　ぴいぷう　はしってた

ほんとだよ

きたかぜこぞうよ　どんなかお
ぼうし　ほしけりゃ　くれてやる
ほんとだよ
えりまき　てぶくろ　いらないか
なんでも　なんでも　くれてやる
ほんとだよ

きたかぜこぞうよ　どんなかお
きたかぜこぞうよ　かおみせな
きたかぜこぞうよ　かぜひくな
きたかぜこぞうよ　げんきでな

「幼児開発」昭55・12・20

いと

かあさんのてが
ぬいあげた
じょうぶなきものに
ぬいあげた

いとはきものを
ぬいあげて

きもののうらに
かくれてる
かくれていとは
ほんとうの
いとのちからを
だしている

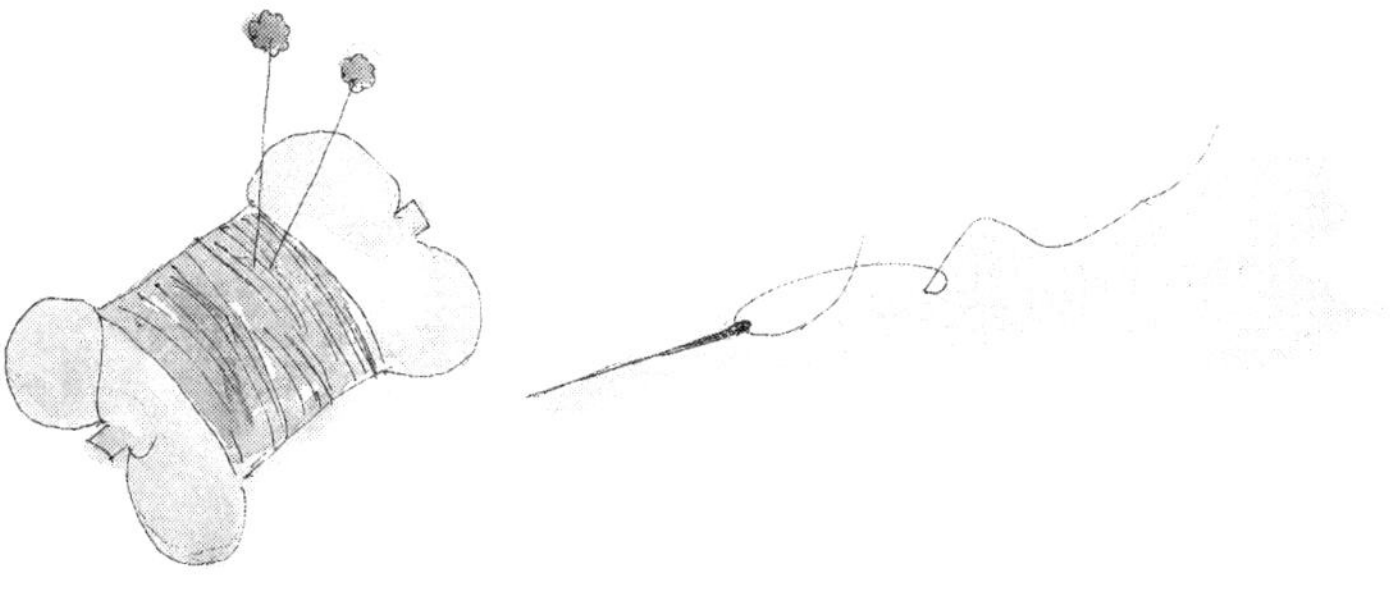

第2次「キツツキ」昭31・1・25

ゆきあそび

ゆきの　きらきらの
ぞうだって
のっしのっし
あるきだすさ

こんやの
ぼくのゆめの
なかへきてさ

ゆきの　きらきらの
きしゃだって
ふっぽふっぽ
はしりだすさ

こんやの
わたしのゆめの
なかへきてさ

「キンダーブック」昭29・2・1

さむがり　みのむし

さむがり　さむがり
みのむし　やあい
みのきて　ぶらんこ
まだ　ねてる
ほらほら　ぎんのめ
ねこやなぎ
もうすぐ　はるよと
めをだした

さむがり　さむがり
みのむし　やあい
うぐいす　ないたよ
めをさませ
ほらほら　もぐらも
つちまんじゅう

もうすぐ　はるだと
もりあげた

「NHKテレビ・みんなといっしょ」昭34・1・1

岬《みさき》のお祭《まつ》り

どんどこどどん　どんどんどん
むしょうに鳴《な》ってる　大太鼓《おおだいこ》
遠《とお》い岬は　浜《はま》まつり

ことしも一年　大漁《たいりょう》を
いのる浜辺《はまべ》の　にぎわいを
風もおどって　のせてくる

太鼓はますます　ちょうしづき
春を天から　呼《よ》んでくる
魚をおきから　呼んでくる

どんどこどどん　どんどんどん
みんなの心を　はずませて
朝から鳴ってる　大太鼓

「三越左千夫全詩集」初出・「手書き原稿」年月推定　昭27・10・15

II

広がる世界《せかい》

―モルモット―

モルモットのあたたかさが
小さな生きものの
やさしい心を伝えて
子どもの心をあたたかくする
そばからさわりたくさせる
言葉《ことば》をかけさせる
なでていると
人へのように言葉をかけていると

ほっぺにかわいい
微笑《ほほえみ》をうかばせる

「母のくに」昭53・4・1

三月のうた

三月の声を聞いて
石も
木の肌《はだ》も
もう冷《つめ》たいものではない

じっとしていて
動《うご》きが急《きゅう》な
花々《はなばな》のつぼみ

このつぼみたちにも
しばらく
固《かた》く動けない
艱難《かんなん》があったのだ

今　ほぐれを間近《まぢか》に
桃《もも》のつぼみは
すでに紅《べに》をさし
辛夷《こぶし》はほんのり白をふくむ

「受験サークル」昭54・3・1

辛夷《こぶし》の花

光と風のあやのなかで
夢想《むそう》にゆれていた辛夷の花
切《せつ》ない思慕《しぼ》を歩《あゆ》みながら
見上げたのは旅《たび》の過《す》ぎし日

切《せつ》なかったということも
考えれば大切《たいせつ》な青春《せいしゅん》だった
ひとり想《おも》ったということは

心に紫水晶《むらさきすいしょう》を持ったことだった

輝《かがや》くことも知《し》り
陰《かげ》ることも知り
迷《まよ》いは迷いを呼《よ》んでも
歩けば道は開《ひら》けてきたのだ

旅でまた辛夷に会い
今は仕合せ
君の瞳《ひとみ》の中でも微笑《ほほえ》みながら
天からの白い春の音信《おんしん》を読んでいる

「母のくに」昭52・4・1

峠《とうげ》

また来てしまった峠
遊《あそ》んでばかりと言わないでください
自然《しぜん》の事典《じてん》を引きに来たのです

麓《ふもと》では散《ち》ってしまった
辛夷《こぶし》の花はいま天の光にぬれて
正《まさ》に純白《じゅんぱく》の花娘《はなむすめ》

そうです　純白を引きに来たのです
木々《きぎ》の芽《め》ぶきの条理《じょうり》を引きに来たのです
鶯《うぐいす》の声も引きに来たのです

怠《なま》けていると言わないでください
僕《ぼく》の中の混沌《こんとん》
不可解《ふかかい》も引きに来たのです

「受験サークル」昭53・4・1

五月の林

新緑《しんりょく》のかがやく林に
さまざまなステージ
黒つぐみが甲高《かんだか》く物語《ものがたり》を歌う

あちらでも幕《まく》が開き
愉快《ゆかい》なピッコロの演奏《えんそう》は
こまどりたち

能舞台《のうぶたい》もある
ぽんぽんぽんぽん
鼓《つづみ》を打つ筒鳥《つつどり》

サーカスもかかっている
りすの枝飛《えだと》び
とんぼがえり

五月の林は
黒揚羽《くろあげは》もひらひら舞《ま》って来て
かがやく緑の祭典《さいてん》だ

「受験サークル」昭52・5・1

君という海

春の海のようだということは
僕《ぼく》にとっては君のことです
君の目は青い波《なみ》のかがやき
君の微笑《ほほえみ》はのどかな凪《なぎ》

僕の心をたかぶらせた君の声は
ゆれてくる潮騒《しおさい》
潮騒は海の告白《こくはく》です

愛《あい》のひびきです

君は僕の青い海なら
僕は君のなんになろう
王者《おうじゃ》でも鯨《くじら》ではさみしい
巨大《きょだい》なタンカーではむなしい

時には嵐《あらし》になって
襲《おそ》って来てもいいのです
波にひるまない岩になりましょう
高波《たかなみ》をだきとめる岸になりましょう

第5詩集「杏の村」昭58・12・10

水の心

水の心などないなどと
冷《つめ》たいことを言わないでください
遊《あそ》び池の中の子供《こども》たちを
喜ばせているのは水の心です

あなたもどうぞ！　恥《は》ずかしがらずに
遊び池に入ってみませんか！
遠《とお》い子供の頃《ころ》の喜びを　あしのうらに

あなたの心にかえしてあげます

きらきらしているのが水の心
さらさらしているのも水の心
あなたの心に　いつも
美しいものとして受けとめてください

どんなふうに利用《りよう》されても
流れて生きるのが水です
あなたの心で手足《てあし》で
汚《よご》さないでください水の心を

「荻窪百点」昭53・5・1

朝の庭《にわ》

赤　白　むらさき
色あざやかな
朝顔《あさがお》のラッパ
りょうりょうたる
ひびきが
彼等《かれら》には
聞こえるのだ

蜂《はち》たちが
おんおん来ている

「学研ゼミジャンプアップニュース中一」昭58・7・1

花のひとり言

わたしには
菜《な》の花のようでは派手《はで》すぎます
リンゴの花のようでは美しすぎます

パセリにはパセリの花
緑白の小さな五弁花《ごべんか》をまとめてつけます
神のおきてのとおりです
地味《じみ》でも花のまことを持っています

風が通ればほのかな香《かお》りをあげます

でも緑の葉は渡来以来《とらいいらい》薬《くすり》くさいと
まだ人さまから嫌《きら》われがちです
嫌われることはさみしいこと
人さまだって心がかげるでしょう

けれどわたしは花です
種《たね》のみのりを夢《ゆめ》みて咲《さ》きます
太陽《たいよう》に花の手をあげて

「母のくに」昭55・8・1

ぶどう棚《だな》の下で

ぶどう棚の下で
まだかたくて子供《こども》ねと
大きな房《ふさ》になるのを待っていた悪戯《いたずら》っ子
それは君と僕《ぼく》だった

ぶどう棚の下で
透《す》き通《とお》るつぶらが
美であることを知りはじめた小学生

君と僕だった

ぶどう棚の下で
隠《かく》されていた恥《は》じらいが目覚《めざ》めて
だんだん会わなくなっていった中学生
君と僕だった

今ぶどう棚の下で
熟《う》れることの意味《いみ》を
人のことの上にも求めて
青春の予感《よかん》の頁《ページ》を繰《く》っている

「受験サークル」　昭53・9

沈丁花《じんちょうげ》の頃《ころ》

路地《ろじ》を歩いてきて
きのうまで気づかなかった
何処《どこ》からか切《せつ》なさをひくあまい匂《にお》い
ああ　沈丁花だ

まだ風はすね
底冷《そこび》えもするが
匂いは春へのふくらみをただよわす

微妙《びみょう》なふくらみにふれて
土の中の小動物たちは
冬眠《とうみん》から地上への復活《ふっかつ》
待機《たいき》の姿勢《しせい》であろう

そういえば北への返信《へんしん》
白鳥《はくちょう》たちはすでに旅立っている

「受験サークル」昭52・3・1

菜園《さいえん》の雨

かぼちゃの花は金の花
金の雨がふりそそぐ
うすくほんのり紅《べに》つけた
ごまの花にそそぐ雨
なすびの花にそそぐ雨
ほんのり紫《むらさき》 そらのいろ

豆の花にふる雨は
赤と白とのまだら雨

みどりの水玉《みずたま》はねる雨
菜の葉の上にころげこみ

とうもろこしのうれた毛を
ひたひたぬらすこげ茶雨

花の菜園に雨ふりそそぐ
……僕《ぼく》の心をいろどって

「三越左千夫全詩集」初出・「手書き原稿」年月推定　昭27・6・15

波《なみ》

打《う》ち寄《よ》せる波のくりかえし
それを平凡《へいぼん》と見る人
非凡《ひぼん》と見る人

様《さま》ざまこそ世の中
人もまた波のような暮《く》らしを持つ
倦《う》むことを知らないそれが非凡

気付かれないまま波のくりかえしは
岬《みさき》を削《けず》り取っている
砂《すな》を押《お》し上げてきて陸《りく》を広げている
くりかえしは一つことではない

波はロマンチストでもある
鮮《あざ》やかな貝殻《かいがら》たちを
歌いながら運んで来て
プレゼントもしてくれる

「受験サークル」昭51・7・1

初《しょ》秋《しゅう》

あなたは何時《いつ》の間《ま》に来ていたのかしら
庭《にわ》の萩《はぎ》の花を可愛《かわ》いくほころばせて
鳳仙花《ほうせんか》の実を見えない手ではじいて

ながかった休暇《きゅうか》にゆるんだ心を
私《わたし》の自戒《じかい》より先に
きりっとひきしめてくれて

澄《す》むということのさまざまを
皿《さら》の上のぶどうのつぶらにも見せて
いよいよ高くなる青空にも見せて

私のまわりの風もさらさらとさせて
あなたは何時の間に来ていたの
愛《いと》おしい秋よ

「受験サークル」昭51・9・1

香具山《かぐやま》への道

その昔《むかし》は　遠い上代《じょうだい》
帝《みかど》でさえ女人《ひと》の心を得《え》られず
嘆《なげ》きを重く胸《むね》にだいて
通《とお》った道があったといいます

この道も上代からのものであろうか
歴史《れきし》をのぞかせる天《あまの》香具山への道です
わたしはあのひとと歩きたいと

いつも夢《ゆめ》みて歩いた道です

夢みたことが夢でおわった
面影《おもかげ》だけと歩いた道です
いつも一人《ひとり》で歩いた道です
想《おも》えば悲しい野面《のづら》の道です

上代人《じょうだいびと》も聞いたであろう
梅雨《つゆ》晴れの田圃《たんぼ》から蛙《かえる》の声がわきあがり

それはかりがにぎやかで
時間の上を流れていきます

第5詩集「杏の村」昭58・12・10

みちのくの村

稲架《いなか》けには稲架けのかげ
草には草のかげ
耳を立てる山羊《やぎ》には山羊のかげ

かげをもつ心にさそわれて
遠く来てみたみちのく
鳥海山《ちょうかいさん》の雲に秋のかげ

悲《かな》しそうに目を閉《と》じている
野の仏《ほとけ》たちに村落の歴史《れきし》のかげ
梢《こずえ》をゆれていく風のかげ

せせらぎの澄《す》んだ水音《みずおと》にもかげがあり
村の道をよぎる蝶《ちょう》のかげ
自分ではふめない自分のかげ

なお遙《はる》かへ　私《わたし》をさそう
旅人芭蕉《ばしょう》のかげ

「母のくに」昭44・11

秋の空

空が高くなったね
空が深《ふか》くなったね
空の色がこくなったね
野原《のはら》へ来ておじさんは
一人《ひとり》ごとのように言った

うん　うん
ぼくと妹は

うなずいて空を見上げる

空を見ることが少なくなった
空のあることをわすれてしまう
空はいいなあと　おじさんはうれしそう
なぜいいのか　わけは言わないが

うん　うん
ぼくも妹も
なぜいいのか分《わ》からないが
高い空をいいなあと思う

「三年の学習」昭52・11・1

野《の》菊《ぎく》

野菊よ
そう呼《よ》びかけるわたしは
悲《かな》しいけれど
いまは　心がおまえの花びらのように
やさしくなっているのです

それは　この高原《こうげん》の
こおろぎの駅《えき》の別《わか》れ！
ひとを見送り
愛《あい》は奪《うば》うものでなく

与《あた》えるものだと　痛《いた》みながら
わたしは知ったから……

さびしいけれどそれでいいのです
遠い目をするようになってしまったが
心がやさしくなったことは
想《おも》いがふかくなったことです

野菊よ
雲の影《かげ》もひえる秋風のなかで
胸《むね》ふかくしずめた思慕《しぼ》を
いまは　ただおまえに
しずかに語るばかりです

第5詩集「杏の村」昭58・12・10

川

山はねむるときがあっても
川はねむるときがない
いつも目覚《めざ》めていて
息《いき》づいて流《なが》れる

流れの中を
今　胡桃《くるみ》が一つ
早春《そうしゅん》の光をうけて

浮《う》き沈《しず》みしていった

胡桃は秋の日に　遠い
深山《みやま》の谷川へ落ちたのであろう
そこからはじまった胡桃の川の旅《たび》
それを人生の旅にもたとえて

郷愁《きょうしゅう》の耳で聞いている
久《ひさ》しぶりの川のおしゃべり
なつかしく胸にひびかせている
流れにゆれる水の心

第5詩集「杏の村」昭58・12・10

林の道で

目が拾《ひろ》った秋
葉陰《はかげ》の野ぶどう
紫《むらさき》の宝石《ほうせき》

耳が拾った秋
りすがくるみを
かじる音

鼻《はな》が拾った秋

風へのひそかな贈《おく》り物
花りんどうの香水《こうすい》

口に拾った秋
山の菓子《かし》
あけびの実

小さな
さまざまの秋を拾って

私《わたし》は
大きな秋に拾われていた

「中学生文学」昭58・10・1

白《はく》鳥《ちょう》

美に翼《つばさ》がある
声高らかに
哀歓《あいかん》を吹《ふ》く
ラッパ
それが白鳥たち
北方《ほっぽう》の神からの
季節《きせつ》の便《たよ》りを

今
山あいの
小さな沼《ぬま》に浮《う》かべて
人たちの心を
夢幻《むげん》へさそい
日本の
冬の優雅《ゆうが》になっている

「受験サークル」昭54・2・1

雪

雪は天からの花びら
白さを
おしみなくくれました
もらいつづけて
ふっくらふくらんだ
屋根《やね》　屋根　屋根
新しくかきかえられた
まぶしい風景《ふうけい》です

ぼくの家の庭《にわ》のつばきの花も
雪のぼうしをもらいました
赤い花が
雪ぼうしをいっそう白く見せます
雪ぼうしが
赤い花をいっそう赤く見せます

「三年の学習」昭53・2・1

あとがき

けやきとやつでに猫やなぎ、つくしや沈丁花にすみれやこぶしにたんぽぽ、朝顔や野菊に、ぶどうやパセリなどの果物や野菜といった植物たち、入道雲の空、秋風や北風小僧の風たち、海・川・沼・波などの水のある風景、かたつむりやちょうにとんぼやみの虫などの昆虫に、うぐいすやこま鳥にひばりや白鳥などの鳥たち、こうまやこやぎにりすやきつねにかえるやモルモットなどの愛らしい動物たち、そして母さんと少年。そういった兄にとって身近な、あるいは少年時代などの過去の思い出の登場者たちがその季節とともにこの詩集に集められています。

兄は、自然描写をするというよりは、その登場物を借りて自分の想いを述べています。そのまなざしのやさしさには偽りはありませんでしたし、その想いが純粋であったのを私は知っております。

兄は生涯独身をつらぬき、そのささやかな生活はまるで遠い昔にいただろう庵《いおり》をいとなむ僧のようでした。かといって、孤高な聖《ひじり》のようではありません。部屋は乱雑であり、お酒が好きでしたから。しかし、乱雑でしたけれども落ち着ける部屋でしたし、陽気なお酒でもありました。また、子どもたちと同じ視線でものを見ることができる稀な存在でもありましたし、周囲の人への配慮のある人間でした。

「愛は奪うものでなく　与えるものだと　痛みながら　わたしは知ったから……」というフレーズを恥ずかしげなく書けるのが兄なのです。そんな兄の詩を読むと、少しやさしい気持ちになれます。

このたびは思いがけぬ詩集刊行の恵みに浴することになり、泉下の兄も喜んでいると思います。兄の詩をすてきに編んでくださった銀の鈴社の柴崎俊子さん、編集のほかすばらしい挿絵までも描いてくださった阿見みどりさん、またこの詩集刊行に関わってくださった方々のご厚情に対し、こころから厚く御礼申し上げます。ありがとうございます。

二〇〇一年十月八日

三津越　隆治

本書の作品は、すべて「三越左千夫全詩集」（平成６年９月10日発行／発行者：三津越隆治／発行所：㈱国土社）から転載しました。


三越　左千夫（みつこし　さちお）本名：三津越幸助
1916（大正５）年　千葉県生まれ。

日本大学芸術学部中退。

詩・童謡詩・放送台本・児童文学等を60年にわたり書き続けた。

著書　詩集「夜の鶴」（薔薇科社、昭29）・「かあさんかあさん」（国土社、昭50）・「杏の村」（学研、昭58）・「新版・三越左千夫全詩集」（アテネ社・平９）童話「あの町この町日がくれる」（国土社、昭46）など多数。

1992（平６）年４月13日死去（75歳）。

連絡先　〒287-0013　佐原市大倉159　三津越隆治
電話0478（57）1239

阿見　みどり（あみ　みどり）本名：柴崎俊子
日本画家長谷川朝風に師事。
日々の生活の中で、万葉びとのやすらぎとまなざしを共有しながら、万葉にうたわれている野の花などのスケッチを楽しんでいる。

NDC911
東京　銀の鈴社　2001
102頁　21cm（せかいでいちばん大きなかがみ）

ジュニアポエム　シリーズNo.151
2001年11月22日初版発行
本体1,200円＋税

せかいでいちばん大きなかがみ

著　　者　三越左千夫©
シリーズ企画　㈱教育出版センター
編集発行　㈱銀の鈴社 TEL 03-3516-1241　FAX 03-3516-1242
〒104-0031　東京都中央区京橋3-4-1-4F

ISBN4−87786−151−3 C8092
URL　http://www.ginsuzu.com
E-mail　book@ginsuzu.com
落丁・乱丁本はお取り替え致します

印　刷　電算印刷
製　本　協栄製本

…ジュニアポエムシリーズ…

1 鈴木敏史・詩集 宮下琢郎・絵 星の美しい村 ★☆
2 小池知子・詩集 武田淑子・絵 おにわいっぱいぼくのなまえ ★☆
3 鶴岡千代子・詩集 武田淑子・絵 白い虹 児文芸新人賞
4 楠木しげお・詩集 久保雅勇・絵 カワウソの帽子
5 津坂治男・詩集 垣内美穂・絵 大きくなったら ★
6 後藤れい子・詩集 山本まつ子・絵 あくたれぼうずのかぞえうた
7 北村蔦子・詩集 柿本幸造・絵 あかちんらくがき
8 吉田瑞穂・詩集 吉田翠・絵 しおまねきと少年 ⊠★
9 新川和江・詩集 葉祥明・絵 野のまつり ★☆
10 阪田寛夫・詩集 織茂恭子・絵 夕方のにおい ◈★☆○
11 高田敏子・詩集 若山憲・絵 枯れ葉と星 ★☆
12 原田直友・詩集 吉田翠・絵 スイッチョの歌 ★
13 小林純一・詩集 久保雅勇・絵 茂作じいさん ◉★☆●
14 谷川俊太郎・詩集 長新太・絵 地球へのピクニック ★
15 与田準一・詩集 深沢省三・深沢紅子・絵 ゆめみることば ★

16 岸田衿子・詩集 中谷千代子・絵 だれもいそがない村
17 江間章子・詩集 榊原直美・絵 水と風 ◇
18 原田直友・詩集 小野まり・絵 虹—村の風景— ★
19 福田正夫・詩集 福田達夫・絵 星の輝く海 ★☆
20 草野心平・詩集 長野ヒデ子・絵 げんげと蛙 ★☆○◇
21 宮田滋子・詩集 青木まさる・絵 手紙のおうち ☆○
22 久保田昭三・詩集 斎藤彬子・絵 のはらでさきたい
23 鶴岡千代子・詩集 加倉井和夫・武田淑子・絵 白いクジャク ★●
24 尾上尚子・詩集 まど・みちお・絵 そらいろのビー玉 ★☆ 児文協新人賞
25 水上紅・詩集 深沢紅子・絵 私のすばる ☆
26 野呂昶・詩集 福島一二三・絵 おとのかだん ★
27 こやま峰子・詩集 武田淑子・絵 さんかくじょうぎ ☆
28 青戸かいち・詩集 駒宮録郎・絵 ぞうの子だって
29 まきたかし・詩集 福田達夫・絵 いつか君の花咲くとき ★☆♡
30 薩摩忠・詩集 駒宮録郎・絵 まっかな秋 ★☆♡

31 新川和江・詩集 福島一二三・絵 ヤァ！ヤナギの木 ★☆○♡
32 井上靖・詩集 駒宮録郎・絵 シリア沙漠の少年 ★☆♡
33 古村徹三・詩集 古村徹三・絵 笑いの神さま
34 江上波夫・詩集 青空風太郎・絵 ミスター人類 ○☆
35 秋原秀夫・詩集 鈴木義治・絵 風の記憶 ★
36 水村三千夫・詩集 武田淑子・絵 鳩を飛ばす
37 久冨純江・詩集 渡辺安芸夫・絵 風車 クッキングポエム
38 日野生三・詩集 吉野晃希男・絵 雲のスフィンクス ★
39 佐藤雅子・詩集 佐藤太清・広瀬きよみ・絵 五月の風 ★
40 小黒恵子・詩集 武田淑子・絵 モンキーパズル ★
41 木村信子・詩集 山本典子・絵 でていった
42 中野栄子・詩集 吉田翠・絵 風のうた ☆
43 宮田滋子・詩集 牧村慶子・絵 絵をかく夕日 ★
44 大久保テイ子・詩集 渡辺安芸夫・絵 はたけの詩 ★☆
45 秋原秀夫・詩集 赤星亮衛・絵 ちいさなともだち ♥

☆日本図書館協会選定
★全国学校図書館協議会選定
□少年詩賞　■茨城県すいせん図書
○厚生省中央児童福祉審議会すいせん図書
●日本童謡賞　♧岡山県選定図書
♡日本子どもの本研究会選定
♥秋田県選定図書
♣愛媛県教育会すいせん図書
◇岩手県選定図書
◆京都府選定図書
⊠芸術選奨文部大臣賞
◉赤い鳥文学賞　◈赤い靴賞

…ジュニアポエムシリーズ…

- 46 日友靖子詩集 藤城清治・安西明美・絵 猫曜日だから ◆☆
- 47 秋葉てる代詩集 武田淑子・絵 ハープムーンの夜に ♡
- 48 こやま峰子詩集 山本省三・絵 はじめのいーっぽ ★♡
- 49 黒柳啓子詩集 金子滋・絵 砂かけ狐 ♡
- 50 三枝ますみ詩集 武田淑子・絵 ピカソの絵 ☆♡●
- 51 夢虹二詩集 武田淑子・絵 とんぼの中にぼくがいる ♡○♥
- 52 はたちよしこ詩集 まど・みちお・絵 レモンの車輪 □♧
- 53 大岡信詩集 葉祥明・絵 朝の頌歌 ★☆♡♥
- 54 吉田瑞穂詩集 吉田翠・絵 オホーツク海の月 ★☆♡
- 55 さとう恭子詩集 村上保・絵 銀のしぶき ★☆♡
- 56 星乃ミミナ詩集 葉祥明・絵 星空の旅人 ★☆♡
- 57 葉祥明詩集 葉祥明・絵 ありがとう そよ風 ★♡
- 58 青戸かいち詩集 初山滋・絵 双葉と風
- 59 小野ルミ詩集 和田誠・絵 ゆきふるるん ★☆●♡
- 60 なぐもはるき詩集 なぐもはるき・絵 たったひとりの読者 ★♡♧
- 61 小関秀夫詩集 小倉玲子・絵 風《かぜ》 栞《しおり》 ★♡♥
- 62 海沼松世詩集 守下さおり・絵 かげろうのなか ☆♡
- 63 山本龍生詩集 小倉玲子・絵 春行き一番列車 ♡
- 64 小泉周二詩集 深沢省三・絵 こもりうた ★☆♡
- 65 かわてせいぞう詩集 若山憲・絵 野原のなかで ♡★♥
- 66 えぐちまき詩集 赤星亮衛・絵 ぞうのかばん ♡◆♥
- 67 池田あきつ詩集 小倉玲子・絵 天気雨 ♡
- 68 藤井則行詩集 君島美知子・絵 友へ ♡♤
- 69 藤哲生詩集 武田淑子・絵 秋いっぱい ★♠
- 70 日友靖子詩集 深沢紅子・絵 花天使を見ましたか ★
- 71 吉田瑞穂詩集 吉田翠・絵 はるおのかきの木 ★
- 72 小島禄琅詩集 中村陽子・絵 海を越えた蝶 ☆★♥♡
- 73 にしおまさこ詩集 杉田幸子・絵 あひるの子 ★
- 74 山下竹二詩集 徳田徳志芸・絵 レモンの木 ★
- 75 高崎乃理子詩集 奥山英俊・絵 おかあさんの庭 ★♡
- 76 檜きみこ詩集 広瀬弦・絵 しっぽいっぽん ★●□☆♡
- 77 たかはしけいこ詩集 高田三郎・絵 おかあさんのにおい ♡♣□
- 78 星乃ミミナ詩集 深澤邦朗・絵 花かんむり ♥☆♡
- 79 佐藤照雄詩集 津波信久・絵 沖縄 風と少年 ☆♡★
- 80 相馬梅子詩集 やなせたかし・絵 真珠のように ♥★
- 81 小島禄琅詩集 深沢紅子・絵 地球がすきだ ★
- 82 鈴木美智子詩集 黒澤梧郎・絵 龍のとぶ村 ◇★♥
- 83 いがらしれいこ詩集 高田三郎・絵 小さなてのひら ☆
- 84 宮入黎子詩集 小倉玲子・絵 春のトランペット ☆★
- 85 下田喜久美詩集 方振寧・絵 ルビーの空気をすいました ☆
- 86 野呂昶詩集 方振寧・絵 銀の矢ふれふれ ★
- 87 ちよはらまちこ詩集 ちよはらまちこ・絵 パリパリサラダ ★
- 88 秋原秀夫詩集 徳田徳志芸・絵 地球のうた ☆★
- 89 中島あやこ詩集 井上緑・絵 もうひとつの部屋 ★
- 90 藤川こうのすけ詩集 葉祥明・絵 こころインデックス ☆

✼サトウハチロー賞
◌三木露風賞
♤福井県すいせん図書
✣毎日童謡賞
♠奈良県教育研究会すいせん図書
♧北海道選定図書 ❀三越左千夫少年詩賞
◇静岡県すいせん図書

…ジュニアポエムシリーズ…

No.	詩・絵	書名	
91	新井 和詩集・高田 三郎・絵	おばあちゃんの手紙	☆★
92	はなわたえこ詩集・えばとかつこ・絵	みずたまりのへんじ	★●
93	柏木恵美子詩集・武田 淑子・絵	花のなかの先生	☆
94	中原千津子詩集・寺内 直美・絵	鳩への手紙	★
95	高瀬美代子詩集・小倉 玲子・絵	仲なおり	★
96	杉本深由起詩集・若山 憲・絵	トマトのきぶん	☆★ 児文芸新人賞
97	宍倉さとし詩集・守下さおり・絵	海は青いとはかぎらない	♧
98	石井 英行詩集・有賀 忍・絵	おじいちゃんの友だち	■
99	なかのひろ詩集・アサト・シェラ・絵	とうさんのラブレター	☆★
100	小松 静江詩集・藤川 秀之・絵	古自転車のバットマン	
101	石原 一輝詩集・加藤 真夢・絵	空になりたい	☆✤★
102	小泉 周二詩集・西 真里子・絵	誕生日の朝	☆■★
103	くすのきしげのり童謡・わたなべあきお・絵	いちにのさんかんび	☆★
104	成本 和子詩集・小倉 玲子・絵	生まれておいで	☆★✤♡♧
105	伊藤 政弘詩集・小倉 玲子・絵	心のかたちをした化石	★
106	川崎 洋子詩集・井戸 妙子・絵	ハンカチの木	□★☆
107	柘植 愛子詩集・油野 誠一・絵	はずかしがりやのコジュケイ	✤
108	新谷智恵子詩集・葉 祥明・絵	風をください	☆●◈♡✣✺
109	金親 尚子詩集・牧 進・絵	あたたかな大地	☆
110	黒柳 啓子詩集・吉田 翠・絵	父ちゃんの足音	☆★♡□
111	富田 栄子詩集・油野 誠一・絵	にんじん笛	♡☆
112	原 国子詩集・高畠 純・絵	ゆうべのうちに	☆
113	宇部 京子詩集・スズキコージ・絵	よいお天気の日に	○□●☆◇
114	武鹿 悦子詩集・牧野 鈴子・絵	お花見	☆□
115	山本なおこ詩集・梅田俊作・絵	さりさりと雪の降る日	☆
116	小林比呂古詩集・おおた慶文・絵	ねこのみち	☆
117	後藤れい子詩集・渡辺あきお・絵	どろんこアイスクリーム	☆
118	重清 良吉詩集・高田 三郎・絵	草の上	☆□֍◆
119	宮中 雲子詩集・西 真里子・絵	どんな音がするでしょか	✻
120	前山 敬子詩集・若山 憲・絵	のんびりくらげ	☆
121	川端 律子詩集・若山 憲・絵	地球の星の上で	♡
122	たかはしけいこ詩集・織茂 恭子・絵	とうちゃん	♡֍♣
123	宮田 滋子詩集・深澤 邦朗・絵	星の家族	☆●
124	国沢たまき詩集・唐沢 静・絵	新しい空がある	
125	池田あきつ詩集・小倉 玲子・絵	かえるの国	★
126	黒田 恵子詩集・倉島千賀子・絵	ボクのすきなおばあちゃん	☆★♡
127	垣内 磯子詩集・宮崎 照代・絵	よなかのしまうまバス	☆♡★
128	小泉 周二詩集・佐藤 平八・絵	太陽へ	֍★●☆♡
129	中島 和子詩集・秋里 信子・絵	青い地球としゃぼんだま	☆
130	のろさかん詩集・福島一二三・絵	天のたて琴	☆
131	加藤 丈夫詩集・葉 祥明・絵	ただ今受信中	☆
132	北原 悠子詩集・深沢 紅子・絵	あなたがいるから	♡
133	池田もと子詩集・小倉 玲子・絵	おんぷになって	♡
134	鈴木 初江詩集・吉田 翠・絵	はねだしの百合	
135	垣内 磯子詩集・今井 俊・絵	かなしいときには	

…ジュニアポエムシリーズ…

136 秋葉てる代詩集 やなせたかし・絵 おかしのすきな魔法使い ⊛●
137 青戸かいち詩集 永田萠・絵 小さなさようなら ⊛
138 柏木恵美子詩集 高田三郎・絵 雨のシロホン ♡
139 藤井則行詩集 阿見みどり・絵 春だから ♡
140 黒田勲子詩集 山中冬二・絵 いのちのみちを
141 南郷芳明詩集 的場豊子・絵 花時計
142 やなせたかし詩集 やなせたかし・絵 生きているってふしぎだな
143 内田麟太郎詩集 斎藤隆夫・絵 うみがわらっている
144 しまざきふみ詩集 島崎奈緒・絵 こねこのゆめ ♡
145 糸永えつこ詩集 武井武雄・絵 ふしぎの部屋から ♡
146 石坂きみこ詩集 鈴木英二・絵 風の中へ ♡
147 坂本のこ詩集 坂本こう・絵 ぼくの居場所 ♡
148 島村木綿子詩集 島村木綿子・絵 森のたまご
149 楠木しげお詩集 わたせせいぞう・絵 まみちゃんのネコ
150 牛尾良子詩集 上矢津・絵 おかあさんの気持ち
151 三越左千夫詩集 阿見みどり・絵 せかいでいちばん大きなかがみ
152 水村三千夫詩集 高見八重子・絵 月と子ねずみ

…ジュニアポエム アンソロジー…

1 渡辺浦人・編 村上保・絵 赤い鳥 青い鳥
2 わたげの会・編 渡辺あきお・絵 花ひらく
3 木曜会・編 西真里子・絵 いまも星はでている
4 木曜会・編 西真里子・絵 いったりきたり

…こどもポエムランド…

日本児童学者協会編　発売・銀の鈴社

一年生　いないかな　長谷川知子・絵
二年生　きりんはゆらゆら　田沢李枝子・絵
三年生　花がゆれるとき　いわさきちひろ・絵
四年生　ぶどう色の空の下で　吉野晃男・絵
五年生　旅だち　松生歩・絵
六年生　人間ピラミッド　若山憲・絵

…すずのねえほん…

わたし　たかはしけいこ・詩　中釜浩一郎・絵
ぽわぽわん　尾上尚子・詩　小倉玲子・絵

…銀の小箱シリーズ…

小さな庭　葉祥明　詩・絵
白い煙突　若山憲　詩・絵
みんななかよし　こばやしひろこ・詩　うめざわのりお・絵
みてみたい　江口正子・詩　油野誠一・絵
あこがれよなかよくしよう　やなせたかし　詩・絵
ないしょやで　富岡みち・詩　関口コオ・絵